歌集

地球のどこか

後藤進

砂子屋書房

はつ夏に
めんどりの声
はろかして
地球のどこか卵
生れたり

進の歌　公子かく

＊目次

装本・倉本　修

歌集

地球のどこか

光の斧

古き物剝《は》ぎ取るごとき春となり光の斧《をの》はあまねく振らる

立春は光と思ふ寒風に頰打たせつつ心をどりぬ

高低と気圧交互に渡り来て春の魔女らは頭上飛びゆく

祖母が来てそつと布団を直すごと温き夜風の吹く音がする

摘まれ来し若きみどりの蕗の薹妻持つ籠は山盛りの春

雛の日の近づく水の冷たさに乙女のやうな浅葱《あさつき》洗ふ

大空は如何なる翼震はせる羽毛のごとく軽き春雪

牛糞は畑に力を与へむと春の光にどかつと座る

ジェット音去りて幼き鶯の声は戻りぬ春の藪原

輝きを増す日に向けて甲羅干す太陽電池のやうな亀たち

前売りのペア券を買ふ美術展春の小さなジャンプをしよう

奇術師が駅前広場で腕曲げる見世物といふ春のさみしさ

さくら花咲くまでが好きと言ふ人の跳ねぬ心の複雑な折れ

参道にさくら満開旗揺れる不動明王不動明王

エプロンの人も出てきて立ち話時折揺れてさくらのサロン

玄関に入学間近の靴脱がる切手のやうな花びら付きて

水面《みなも》浮くさくら花びら分けゆける水鳥の胸こそばゆからむ

堤防の階段登りあなにやし遠き御嶽《おんたけ》雪のかたまり

文化展地域のまつり見に行かう空は大きな光の傘だ

あまりにも大きなものを忘れしか春夕茜吾の記録紙

地球のどこか

はつ夏にめんどりの声はるかして地球のどこか卵生《あ》れたり

新緑のやさしく胸にしみてくる故郷《ふるさと》にはや若鮎上る

真つ直ぐな稚鮎のジャンプ諦めぬ挑みの姿見せてはつなつ

半袖で白き腕見せ予報士は気温上昇告げてはつなつ

町工場機械油を匂はせて梅雨明けの路地暗き口開く

梅雨明けの風のやうなる少年は欅通りを急ぎ漕ぎゆく

五月雨をたつぷりと吸ふ大楠の外宮参道水のやさしさ

旨さうに白爪草は広がりて放ちやりたし胸の仔羊

はつなつの幼稚園の窓みな開き五目ご飯のやうな声する

咲きのぼる白き鉄線ひらりひら夏の天使の罠の明るさ

はつなつの緑はむんと鼻腔《びかう》より盛り誇りて吾を泣かせる

初夏

生きるとは胸を打つこと捨て置きしデンドロビウム蕾持つ初夏《しょか》

独り身の介護の仕事する姪は初夏の明るさ十薬の花

一日《ひと》市場《いちば》信長公のお膝元鵜飼開始の合図の花火

目立つけど娘《こ》の買ひ呉れし白つぽい夏のベルトを締めて歩かう

子燕が三羽止まりてあこがれの宙がへりする親を見てをり

大花火開きし後に音が来ぬ心といふは少し遅れる

いつもさう花火終はりてあつけらかん何も持たずに夜道を帰る

網戸より少年の声夏休み水を打つかと母に訊きをり

口びるに円き硝子の肌触り喉のばし飲む真夏のミルク

夏草の海原をゆく草刈りの麦藁帽子孤舟のごとし

洗濯機けさの水音水鳥の水掻くやうな柔らかき音

真つ直ぐに天突く杉の水墨画妻描く部屋を夏風渡る

山菜の五種の天麩羅紙の上山食ふやうに妻と味はふ

きやら蕗を鍋三杯も炊く妻の秘伝の味を待つ人多し

富士よ

新幹線ホームに落つるゼムピンが錆びずしてなほ光りてをりぬ

駅弁を迷ひつつ決め食べ終はり友と別れるやうにゴムする

富士の下汽車過ぐるとき指差せばふるさと訛り飛び出す車内

超のつく新幹線に時を買ふただ一回の人生乗せて

嗚呼富士よ大きな景に触れながら人は小さきご飯をこぼす

キタキツネ

奥尻の流れの速き海峡の薄夕暮れに漁をする舟

いにしへの鰊街道今静か錆びしトタンの屋根乾く見ゆ

馬たちは雨の中でも尾を振りつついつものやうに草食《は》みてをり

搾られし今年の葡萄壜に立ち古《ふ》りつつあるを富良野に買ひぬ

キタキツネ痩せて一匹沼地ゆく晴れもさみしき野付半島

一輪車

何回も金魚の如露に水汲みて土に水遣る幼女の呼吸

団栗《どんぐり》の帽子を取りてまた被す幼児《をさなご》に言ふ頭はだいじ

眠りても木の実離さぬ幼児の宝を守る一途なる口

幼児を抱《いだ》く母親静かなる海原に揺るる小舟のごとし

何といふかなしきことばふしあはせ誰も助けぬひとりの少女

公園に若草色の皿ひとつ砂は盛られて祈りのごとし

しんぼうと言ふ棒むかし立つてゐた親が教へて子らは守りき

父親に手を取られつつ一輪車少女は別れゆくため漕ぎぬ

長良川

長良川堰なき川と誇りしが論争続け堰はなりたり

低気圧幾つも迫りラーメンのやうな天気図ほどく予報士

この夏の水神祭は雨もよひ祈る吾らに遠き雷鳴

地蔵尊水神様に不動尊共に世話せし仲間逝きたり

自治会や班の付き合ひその価値の薄れゆくのをこの冬も見る

エジプト

旅客機の音近づきて去りてゆく吾の頭を過ぎし人らよ

エジプトの空はた水か像飾るラピスラズリの癒しの青は

近寄れる吾を無視して隼頭の像は細腰崩さぬ姿勢

棺室のごとく静かな展示室足音消して畏れつつ入る

エジプトの王朝初期の神の像隼頭神《じゅんとうしん》のぬぐはれし銀

義母

絶品の煮つころがしの里芋を酒飲む吾に義母《はは》運び来ぬ

デイケアへ行くバスに義母背負ふとき干せし木の葉の袋の軽さ

透明になりゆく義母《はは》かカンパニュラ日の差す縁の藤椅子の夢

無意識にベッドの上で歌ふのか手をゆらゆらと死に近き義母《はは》

母親と旅せし宿にまた泊まり糸繰るやうな五人の姉妹

合掌造り

住みしこと無けれど胸にしみて来ぬ合掌造りの温かき屋根

夫婦杉二本並べば名を付けて家の守りのやうな長閑《のどか》さ

紅葉と合掌造り撮る人を見下ろして立つ杉の大木

人住まぬ合掌造りへ踏み入りてひやりと秋の冷気に触れぬ

何体も円空仏を見てゆけば口角上がり丸く息吐く

父逝く

父逝くは野辺に萱草《くわんぞう》黄金《きん》の布空に雲雀の眩しすぎる日

灯台は孤立無援に彼方見る思ひを隠し立つ父に似て

出征の父の隣であどけなく写真に残る幼児《をさなご》の吾

米機撒く終戦ビラを便所にて使ひし父の砂埃道《すなぼこりみち》

自転車を漕ぎて峠を父と越す夢持つことのきつかりし坂

揺り椅子に父は豇豆《ささげ》の話する風に土の香匂ひたるらし

永眠のことばを父に被すとき山の小さき畑浮かびぬ

新しき病室の壁帆の白さ父眠らせる水無月の風

ホスピスの明るき窓に六月の風冷たしと父言ひ給ふ

病院の個室がらんと父と居るＧ線上のアリア流れて

ホスピスの廊下の書架にある歌集父のベッドの脇にて読みぬ

亡き父の終末の舌すべりゆく一匙ごとの水のかたまり

痛み止め増やして父を眠らせり院の廊下の外は真つ暗

父の息絶へて息呑む沈黙の窓に六月かはづ合唱

看病と通夜の徹夜に溜まりたる錘《おもり》の中で喪主として吾

霊柩車亡骸《なきがら》の父と火葬場へ最後の坂に山畑の見ゆ

火葬場の点火の釦軽すぎる炉内静かに眠りてをるや

白骨に混じれる黒き金属片父の喉に埋られし管

傘立てに混じれる父の遺す杖頑丈なりし生き方思ふ

遺されしゲートボールの雨合羽着てみて分かる父の体格

作業台厚さ五糎でんとして父の手業を想はせ遺る

手の中に入るくらいの観音は母を知らざる父彫りし像

遺されし時計のベルト調節し父の時間の続きを生きる

晩夏光

暑き日の夕日ぎらりと窓に差しけふの生き方吾に問ひきぬ

初盆に供へる膳にチョコも載り姉は結局幸せなりし

暑き風涼しき風のだんだらの秋の日中《ひなか》を亀は動かず

色褪せし遊具並びて夏終はるサーカス一座去りしごとくに

まだ夏がそこに居たかと気づかさるゼブラゾーンの眩《まぶ》しき白に

大仏は汚れ苦にせぬ広き胸穏やかなりし鎌倉の雲

常滑の炎の跡のすさまじさ語る器に珈琲啜《すす》る

折れ曲がるなまこの壁の細き路地漁港の町に干物の匂ひ

戸を開き川風入れる喫茶店ほぐされゆきぬ旅といふ胸

砂浜できれいな色の石拾ふ人の出会ひに似たる偶然

晩《ばん》夏光《かくわう》人の居ぬ海背景に今のあなたにピントを合はす

青き竜胆

墓参り花新しく供へあり誰とも言はぬ青き竜胆《りんだう》

一族の足場に立ちて酒酌めば亡き人も居る盆の集まり

実る田を案山子の守るのどけさに上空過ぎるファントムの音

きみと見し菊人形の濃姫は袖重たげに少しかたむく

虫すだく三日月の夜いにしへの密議の衣揺らすごとき風

透き通る月の光の射してゐむ閉校となる渡り廊下に

モーツァルト四十番の哀愁の後ろをジェット過ぎてゆく秋

秋の日の明るく白きうろこ雲噴煙の下眠る人あり

反論をしてみよといふごとく吹く秋の強風トタンを鳴らす

渡されし書類小脇に色づける銀杏並木を帰れば詩人

繋《つな》がれし岸の小舟に流れ寄る晩秋のメモ枯れ葉一枚

進学の推薦の時期迫る秋　観音の手に一本の蓮

よいのかと雲間より出る秋の陽はひと言のみにまた隠れたり

もつれたる髪のごとくに亡き母と諍《いさか》ひしこと秋の白雲

彼岸花鼻緒の切れし下駄下げて泣きたかりしよ秋の日の暮れ

雨降りのまま暮れんとす硝子窓老いの灯りを仄《ほの》かに点《とも》す

大げさに人生などと語るとき秋の飲み屋はしみじみ暗し

あやふきもの

未使用の弾丸のごと散らばれる冷たき光り今朝の団栗《どんぐり》

マスコット人形ひとつ俯《うつぶ》して戦場のごと舗道に汚《よご》る

蒸し焼きの輪切りのレモンしんなりと勤め終はりし兵士のごとし

人を撃つ手の平にある衝撃を何処《いづこ》の水に洗ひてをるや

数知れぬ白き妖精武器持たぬ辛夷《こぶし》一本希望を見せる

どこにでもある忠魂碑その昔正しき戦《いくさ》信じられし世

その昔戦がありて死の美化のさざ波立てり吾ら笹舟

戦後とはひもじき中の暑き夏黄色と赤のカンナに思ふ

向日葵《ひまはり》のやうな名札を胸に掛け戦後の暗さ子らに語りぬ

鳥たちを急に黙らせファントムは自衛のための基地より飛来

守られる氷の中の花のごと美しき国あやふさを見す

海鮮の弁当美味《うま》しどの海が平和なるかも知らず吾らは

土中より出で来し軍手泥まみれ言ひ訳をせぬ疲れし兵士

大切に記憶を残し慰霊式花飾られて死者は滅びず

八月のきまりのごとき式典のことば聞くのかヒロシマの耳

ぢりぢりと石灯籠の火は揺れぬ空襲の日と広報流れ

空襲はまがまがとして記念日に地区を歩けば異界のごとし

空襲の追悼の鐘遠く鳴り柿の実青きままひとつ落つ

都市焼かれ海山残り敗戦後ビル群立ちぬ碑として祈れ

瞬間の強き光は石壁に人を影としたましひ消しぬ

名前無き駅に降り立ち人々は羊のごとく駆り立てられき

この国に怒りぶつける人のごと強き寒風吾が顔を打つ

平和とは角曲がる先散るさくらあやふきものは唐突に立つ

大きな自転

時かけて円を描ける観覧車もつと大きな自転の中で

淋しさを全部引き受け立つてゐるやうな並木の日暮れのもみぢ

手袋が片方道に落ちてゐる誰か呼ぶごと少し膨らみ

バックする車のライト白色は後ずさりするものの寂しさ

途中でも演奏やめるオルゴールさよなら言へぬ別れもありぬ

流木は木馬になれず浜に臥す旅の履歴を肌に刻みて

教訓の言はんとするは為《な》し続け途切れさすなを基本となせり

身勝手な願ひきくため待つといふ教会の耳それはやさしい

店員が鳩のごとくに動きゐるスマホショップに座りて待ちぬ

起きて立つ真夜のトイレの窓ゆ見るコンビニの灯は夢より遠し

隊員の掘りつつ登る捜索の御嶽山は見れども遠し

夕焼けは明日に繋がる空の色けふ振り返る大きな半紙

大切な何かが過ぎてゆくやうに今起こりゐる日食を見る

家並の屋根に顔出す赤き月舐め取りゆけよこの町の傷

誰かの杖

耕耘機《かううんき》春の時間を鋤《すき》込みて風の男は畑を行き来す

たのんでもやってもやはり損がゆく田を持つ人の不思議な話

手間がなく草生えがちな畑ありてこらへ切れずに発電パネル

体力を温存しつつゆつたりと一鍬づつの吾のエンジン

不揃ひな野菜の支柱立てありてなかの一本誰かの杖が

青の時代

わが国に卵感謝の日を作るセンター試験さつさと廃止

台風の先触れとして降る雨か曲がり角なるあやふき国に

知ることをあきらめて見る原発の事故の報道流れる夕べ

東電や国は有罪判決に償ひをする国つてだあれ

原発のゆらめき始む再稼働青の時代のピカソの暗さ

原発の無き岐阜の地でノーを言ふ坂本龍一神出鬼没

ていねいに説明するといふ舌の厚き動きに気を重くする

畑仕事止めて日陰で話するプラゴミのこと原発のこと

津波

地震《なゐ》情報日がな流され日は暮れて電線高く一羽のさしば

見せ物で無いとカメラを睨《にら》みしと報告ありてみな頷《うなづ》きぬ

津波とふ笛吹き男連れ去りし子らの声聞くやうな潮鳴り

差し出されるマイクに詰まる感情の没となりたる数多《あまた》のことば

船酔ひのごとく津波の画面見る積み来しものの声の厳しさ

魚類の匂ひ

独り身の吾子は新車を磨き上げ環境調査春の湖

水ぬるみヨシノボリ出づ懐かしさ尻尾をやはり左に曲げて

仰向けに吾子のリュックが玄関に勤務の熱を放ち大の字

汗に濡れ帰りし吾子の後の風呂湯舟の底に砂の感触

出張の息子が買ひし鮒寿司が魔王のやうに匂ふ食卓

海老天の尻尾残らぬ吾子の皿風吹く野原あやふき若さ

排他的水域備ふ子にむかひ漂流のごと会話をつなぐ

目の前の巌の息子でんとして吾が言ふことを撥ね返しゐる

ケースよりこの頃出でずもたれゐる息子の部屋のコントラバスは

研究を諦めきれぬ吾子ありて水槽にまだカワヨシノボリ

苦労して好きな仕事に就きし吾子臨時職員魚類の匂ひ

オムレツ

オムレツが出掛けし妻の眼差しに微笑《ほほゑ》みをるを端より崩す

弥勒像《みろくざう》頰と指先絶妙で暮らしの中のきみの体温

キリマンのブレンド豆を妻が挽《ひ》くなにか願ひのやうな香りが

一粒の葡萄の蜜が広がりて朝の会話は山のなだりへ

少女期をあまり語らぬ君とゐて青麦を吹く風を見てをり

百姓の手伝ひしつつ育つたと朝ドラの後懐かしむ君

目覚むればすでに隣りに妻をらず羊のやうに庭の草取り

ちよつとした薔薇垣作り咲かせゐる妻の平和は風に揺れをり

新鮮な鰯をみごとに炊き上げて海を活かせる妻の腕前

また少し妻の背中の丸まるを愛しみ見つむ夏のブラウス

理不尽と気づかぬ吾に強く言ふ妻はいつまで吾の先生

豆トラを買ひませうと言はれても菜園づくりいつまで続く

さまざまに目を引くやうに服飾る店に放てば君は蝶蝶だ

笑ふごと紫陽花《あぢさゐ》百華揺らぎをりなかの一つはあなたの日傘

呼び出しが四回なつて妻が出る薄き鼓膜よなほも働け

吾が足をよく似ているとふと言へり母の介護の長かりし妻

新鮮なこの安堵感食卓のあなたの席にあなたが話す

町の若さ

バス停のベンチにひとり老い人が人生まとめしやうなリュックで

集まりて包括支援センターのけふ聞く話自分の最後

腰曲げて集積場所へゴミを出す媼《おうな》の暮らし袋半分

ゴミ出しにペットボトルの日はありて人は空気を山と積みたり

吸ひ殻の踏み潰されし地下道を一人通れば遙かなピアノ

街路樹の根元や塀の隙間など夏のマスクは散りやすきかな

堤防に布団一枚さびしすぎ不法投棄の調査中です

川守る取り組み示す看板に町の若さのまだあるを知る

静けき世界

亀のごと病室の義兄《あに》昼も寝る浅き夢見て遙か海原

里芋の種類多しと義兄言ひぬ南方の沼思ふ目をして

老い獅子がふと目を開くやうにして遠き勤めを義兄は語りぬ

もう寝たか病室出んと扉引く振り向けば兄細く目を開く

死に近き兄の言葉は聞き取れず経文のごと低く流れぬ

寝てをりし施設の顔のそのままに死者の時間は停止してをり

死に顔に血の気まだあり懐かしき眉間縦皺一本通す

強引に車の流れ遮断して死者優先で出る霊柩車

胸深く感情埋めて火葬場の神の使ひのやうな人たち

のどぼとけしつかり残す人の声聞こえるやうな骨揚げをする

白骨となりて帰れる義兄はもう仏壇側の静けき世界

無人の椅子

どちらかが味はふことになるだらう無人の椅子に向かふ淋しさ

テレビ観る吾のかたへに栗を剝く秋の童話の絵の中のきみ

夫婦とは寂しき単位それ故に空気のやうに愛淡くする

ポケットのもものの辺りに携帯がアメイジンググレイス流す夕暮れ

吾が家にもこんなに広きがらんだう妻も出掛けて車無き車庫

飛び込みし虫があちこち当たるごと妻の動きが気になる夕べ

テレビ前表情緩む吾を見て吐息まじりにあなた老けたね

スーパーへ妻に誘はれお供する男《を》の子は行きつ戻りつできぬ

税金が少し返ると書類書くきみのめがねの横顔を見る

一日の家事労働と気遣ひよ悪いなあその鼾《いびき》分かるよ

子を叱り返す刀で吾を斬る宮本武蔵のやうなあなただ

尻切れとんぼ

意味もなく泳げた夏は遙かなり常に乾かぬ友の胸板

胸の傷ぼそりと友に告げたれば炭火に肉が音を立てたり

まだやれる吾と思ひて酒をつぐ友よもう駄目さみしがるなよ

少しずつ電話の話つなぎゆき友と語れば静かな蛇口

突然の病に勤め休む友痩せてパジャマの大きく見ゆる

不似合な天気でしたよ再発を知らせる電話聞く窓の外

ゆづり葉の冷たき風に揺るる道言葉探しつ見舞に向かふ

病院に喫煙室のありし頃友はいのちをふかしてゐたり

病む友に負担をかけていかんなあ立ち去り難く長居せし後

引っ張られ凭《もた》れたりして生き来しがひとり逝くのか生まれしやうに

鮎竿とスキーを入れてやれぬこと少し悔いつつ柩を送る

友と飲む約束の酒封切りてひとりで酌みぬ遺影の前に

自転車を止めることなく別れたる友とのあばよそれきりである

亡き友が初めて夢に現れて何か言ひたり尻切れとんぼ

青春

種運ぶアルソミトラの薄き羽根みんなも使ふ心飛ぶとき

卒業のタイムカプセル約束のほぐれてゆくを成長と呼ぶ

学舎より張りのある声聞こえ来ぬ夾竹桃《けふちくたう》は白き若者

フルートを岸辺に置きて体操す男の子のそびら眩しきつばさ

昼最中ただ噴き上がる噴水は首刎ねられし無念の若さ

花水木風通はせて青春は浮かべる雲の眩しき白さ

風強き岸辺の道をペダル漕ぐ青年の髪黒きたてがみ

心とは風待つつばさ青年は茶店の椅子に詩集開きぬ

熱き封筒

初恋を海に捨てむと乗りし汽車窓には青き林檎を置きぬ

卒論の方言調査村人を訪ね歩きし合掌の村

五平餅立てる囲炉裏辺《ゐろりべ》アクセント聞き取り作業懐かしきかな

卒業の近づく夜道ふたりとも遠き答を迫られをりき

廃線の電車の駅に耳澄ます君の靴音聞こえるやうで

帰省する停車の駅に桜舞ふ悲愴のピアノ流れるやうに

じわじわと狂ふ歯車ゆがめ来し幸福観は曲がりたるまま

母牛が仔牛を舐めるごと存在は傷つく胸を包みくれたり

言葉にはできずそのまま過ごし来ぬたとへば母に受けし愛など

今迄の失敗なんてもういいといつも遠くで手を振りし母

吾が記憶石炭匂ふ駅ホーム母にもらひし熱き封筒

パ　ス

旅客機の音遠ざかり置き去りの吾のすぐ側《そば》かはづ鳴き出す

じんわりと甲羅を干せる亀のごと夢を食べたし明るき夢を

空つぽになりたいけふは鴉にも見られたくない危ない自分

町川に鮠《はや》きらきらと光りをり吾にはもう無き若さのおごり

太陽の光の強さ意識する老いとは野辺の蒲公英《たんぽぽ》なのか

理髪師の指先触れし冷たさを書きにき遠き国語の時間

前衛の短歌読むごと解くべしと気付きてけさは聴くドビュッシー

身より出し言葉は全て過去となり傷は残りて見よこの幹を

投函《とうかん》は淋《さび》しき別れさつきまで温めて持ちしわたしのことば

放置さるシクラメンさえ意地見せて虫穴開きつ花咲かせをり

パスしても受ける相手の無き道にどんぐり蹴りぬいつまでひとり

風袋

雨だれは網戸を伝ひ滑り落つ真つ直ぐでない人生である

打ち込みて勤めしことを誇りとし鳴かず飛ばずも汚点に非ず

吾ひとり通る地下道電灯を六つも点けるしづけき真昼

抜けられぬかも知れないと細き路地吾の思考は進むよりなし

退社して家の灯りの見ゆる頃やうやく開く心の扉

ケール茶を紅茶色より濃く淹れて尊者のやうな口つきで飲む

人混みを最高齢として歩く昔の自分と擦れ違ひつつ

作業場に湯呑み洗ひて引き上げる自分で決めるひと日の終はり

満月の冴ゆる光に鍵穴に差さむとひるむ一瞬のあり

バス賃を貸しくれし人の顔忘れ返せぬままにたつ五十年

シャガールの雄鳥《をんどり》の目に疑ひの寂しさ見つつ画鋲で止める

過ぎしこともう忘れやう大根の少し伸びるに土寄せてゆく

退院の手続き終へて食堂でカレーライスを食べて飛び立つ

ただ生きたひと日の記録日記帳二行と決めて深むを拒む

金婚を迎へて妻と見るさくら詰め襟の頃出会ひしふたり

目の手術終はり記念日増えゆきぬけふは晴天鳥の渡る日

風袋といふ重さありたましひの風袋として吾が体立つ

焼酎

日本酒の旨さ麦酒の冷たさを捨てお湯割りの焼酎にする

焼酎のお湯割りコップ手に一人今正直な吾の存在

一頭の駱駝《らくだ》と砂漠ゆくごとくひとり飲む夜の小さき歩幅

ゆつたりとガスの流れを思はせるホルストの曲部屋に充ちゆく

ぱりぱりと塩つけて食ふ春キャベツコップの冷やは安物でよし

口中に固き昆布を遊ばせて幼児《をさなご》のごとほとびさせたり

毎日が苦も無く過ぎて細き水音も立てずに逃げゆく感じ

もうひとり自分を連れて歩くけふ一人にしぼる決め手捜せず

胸深くサンショウウオは棲み付きて人に知られず泣くことがある

い寝難く真夜に目覚めて悔ひといふ果てなき頁繰り続けをり

幻灯《げんとう》のロールフィルムに声はなくまなこの深さ泥沼のごと

つばさ

朝市へ出掛ける母の下駄の音暮らしの振り子狂ひなかりき

かかさまと娘時代を忘られぬ亡き母の声何度も聞きぬ

古甕に手を差し入れて漬け物を母取り出しき占ふやうに

今はもう使ふ者なく角丸き母の使ひし鯨尺かな

ほつれ髪汗に濡らして母の汲む手押しポンプの水冷えをりし

桶の湯に手を暖めつ切り漬けを冬の日課と混ぜし亡き母

吐き捨つるやうに生き方否定せし吾の背中を見てをりし母

旅立ちを見送りくれし母の立つ記憶の中の今無きホーム

母去りし宿舎の机拭かれゐて牛乳瓶に野菊立てあり

まつ白な木槿の花は亡き母が筋を通せと言ふごとく咲く

暗闇の母の介護の海に出し妻と吾との舵《かぢ》のあやふさ

融け始む雪ざぶざぶと大病院付き添ひといふ心の重さ

笠ヶ岳雪の馬形母の居し施設の春を思ひ出だしぬ

寝たきりの母の背中に手を入れて呟《つぶや》きを聞くかたちにさする

果てもなく船と眠れる枕辺に折り鶴置かれ母誕生日

寝たきりの母の曠野に現れし思い出誰も見たことはなし

徘徊の力もなくて寝たきりの母に土産の蒲公英《たんぽぽ》の花

丑三つに灯りの灯る部屋ありて母の繊褓《むつき》を妻が替へをり

千代紙の模様のやうに舞へる雪母の小箱に深き夢あり

解け残る橋のたもとの雪暗く故郷でする母の葬送

言はざりしこと悔ひてをりありがたう柩《ひつぎ》の布団母の手触り

死別せし母の言葉のぐつぐつと煮詰まりゆきぬ熱燗の夜

ふと風につばさ広げて去るやうな母の死はあり寒き夜のこと

熊谷草

庭に咲く熊谷草を見るときは昔の吾が故郷《ふるさと》に居る

ふるさとに待たれぬ吾か路地行けば溝の流れの音までかなし

山吹の咲く城山へきみ誘ひ吾が故郷の町を見下ろす

川に沿ひくねり上れる飛驒の道いにしへ人のもだえのごとし

町中の落ち葉の匂ひ酸欠を起こしさうなる故郷の路地

つばめ

継ぐべしと言ふ人も無く捨てる家心はすでに資源をなくす

町なかの三間間口《まぐち》親知らず抜き取るやうな解体決める

改築を繰り返し来てゴミとなる家にも似るや人生の舟

押し入れに母の遺品の茶道具は嵌《は》め込まれゐてみなこちら見る

幼き日駈けし縁側今きしみ腰の悲鳴とひびき合ひをり

縁の下に漬け物石はまだありて父母なき家をじんわり守る

人は何故古き時代へゆきたがる軒低き路地けふも人波

ちやんちやんこみたいな古き道残る故郷《ふるさと》に今雪浅く降る

故郷の今年最後の墓参りこれより雪の下となる墓

傷つきし吾が青春の自転車はよりかかりをり故郷の土間

父母亡くし故郷の家更地とす吾が本籍を問ふなつばめよ

一本の木

ツユクサを紙に挟みて押し潰す幼き吾の孤独の青さ

まだ青き八朔《はっさく》の実は若さ持て濃ゆき光を振りまく宇宙

堤防の草に自転車投げ出して大の字になり叫びてみたり

青春は遙か遠くの硝子窓お城の山の高き白雲

昂ぶりて朴の高下駄天守跡過ぐる星霜風渡るのみ

城山にもたれるやうなゑび坂を高下駄鳴らし吾ら上りき

あかねさす日の出旅館に泊まりしは受験の時の遠き思ひ出

祝はれて校門出でし詰め襟の長くは言はずあばよと昭和

歳晩の炬燵で読みし三四郎春に進学家出る前に

余白には吾が青春の殴り書き七拾円のリルケの詩集

フェルメール描く少女は舞へる蝶ラピスラズリの青を纏ひて

貧しさを心の奥に抱くとき海を夢見し青年の樹よ

肥溜めし甕は畑ぐろ転がりて昭和を丸く残して乾く

鉛筆をテープで長く継ぎ足して昭和に戻り使ふ楽しさ

青春は万年筆で太太と詩を書きなぐり荒さ競へり

友熱くプロレタリアの歴史説き暴走のごと駆けし青春

一打席ただ一球で終はるごと投票済ませ結果を待ちぬ

陸橋は少年の日に引き戻す赤赤錆びし単線の夢

集まりて少年時代語る時白詰草の原の明るさ

むつかしき顔して隠す内側に一本の木を揺らさずに置く

大きなきしみ

時移り上流の村もはや無く川に繁茂《はんも》のオランダガラシ

廃校の木造校舎こはされて村の胸には穴ひとつ空く

足踏みのオルガンの歌思ひ出す吾は吾しか生きられぬのだ

古時計止まりて並ぶ道具屋に人振り向かぬ時代残れり

引き出して足踏みミシン処理場へ牛の尻押すごとく運びぬ

パソコンが地べたに置かれ朝の陽に温まり待つは無料回収

三角の火の見櫓《やぐら》のコンクリの土台残りてそこだけ昭和

保証書もすでに無くなる洗濯機何を告げゐる大きなきしみ

ヌスビトハギ

目的を達成するに運も要《い》るヌスビトハギの種を外しつ

枯れ尽くし乾き切りたる芦原に野狸となり逃れて寝たし

首細き丸木の木馬年金の目減りの寒さ濡れて街角

長靴にゴムの前掛けからつ風真白き肌で積まれる蕪

目薬を差さむと仰ぐ天井に故郷《ふるさと》恋しうどんげの華

寒の朝プロパンガスの配送車ボンベの音に辻目覚めさす

時雨降る小寒き朝《あした》婚姻の報告に来し人の明るさ

木木揺らす師走の風に雪混じる一乗谷の朝倉遺跡

病室

北へ行く座席のやうに静かなる診察待ちの椅子に座りぬ

診察を待つ長椅子に隣り合ふ病の川の同舟の人

診察を待つ長椅子に転がりてゲームする子の小さきお尻

待たさるることを覚悟に本開く診察室の前のなめくぢ

病院の待合室にさまざまな配偶者とふ寄り添へるもの

耳悪き付き添ひの妻待ち合ひに小さな声のテレビ見てをり

検査用血液三本看護師の手に振られつつ連れ去られたり

採血の検査のための吾の血は孤独にゆくや機器の間を

採血の検査結果の出るまでを胡桃《くるみ》の殻の固さで待ちぬ

自宅をば朝日とともに出でしかど診察待てば正午のチャイム

青色の手術着のまま説明す疲れの見えぬ若き指先

点滴の管を母胎と繋がれる望みの糸のやうに離さず

病室に居る退屈に慣れるすべ身に付けゆけば鳴かない小鳥

夕焼けを楽しむべしと磨かれてもたれやすきは病室の窓

いのち

植木鉢底にナメクジ棲《す》みをりて人の心の隙間の湿り

木枯らしの梅にからまる黒き布黒猫となり降り始めたり

ヌートリア街川の岸四匹も生き様見せる春のかなしさ

小雨降る中空に鳴く雲雀ありあの捩《ね》じ込むやうな激しさでなく

水の味忘れず上り来し鮎をけふより夜毎追ひ回す漁

鰻屋に焼き上がるのを待ちながら開く手帳にいのちと書きぬ

血流の授業に鮒は役立ちて感謝をされつ池に戻さる

イシガイはイタセンパラの卵抱き水管開き水浄めをり

滑らかなのみどの動き草亀は昼の明るき時間飲みをり

現れし小さき貝は古生代謎はほどけず固き渦巻き

海底のダイオウグソクムシといふ白装束の静かな眠り

黒岳の花に動かず死のかたち深き夢見る薄羽白蝶《うすばしろてふ》

人知れずエゾナキウサギ生き抜きて厳しき山に穏やかな顔

人間がそこまで来たかと言ふやうに頭《づ》を上げ見をり蝦夷鹿《えぞしか》の群

旅

焼き味噌は青き朴葉に湯気立てる旅の朝餉に山匂ひたり

やはらかき訛《なまり》の会話交はされつ地歌舞伎桟敷《さじき》酒も入りぬ

漁師町潮鳴り聞きに旅をせむずつと昔のガイドブックで

一時間一本のバスきみと待ついにしへの船風待つやうに

青き空灯台カモメ草いきれ白きブラウス君の搏動

休憩は坂の上なる道祖神《だうそじん》腰掛けによき石の置かれて

茶を出して引つこんだきり音立てず打ちたてを出す峠の蕎麦屋

山里の道の駅にて蕎麦をとる若き僧らは熱燗も買ふ

黄の線に鋭き檻《をり》の立つごとくホームに吾ら並ぶペンギン

山手線東京メトロ乗り継ぎてシステム内を流れ行く旅

ドア開けて時間待ちする電車へと乗り来る風は北の旅人

働く

川風に深夜鉄橋渡る音起きて働く人を思ひぬ

ひたすらな雨の広場の調教は犬も合羽も影絵と濡るる

ラーメンにチャーハンもとり食べ終はり仕事へと立つ白髪の人

ただひとり仮設トイレを仕舞ふ人昨夜の花火見たのだらうか

休息は厳しさよりの解放かニットの帽子くたんと置かる

大型の市バスはぬつと顔出して大根抜けるやうに曲りぬ

到着し休む間もなくバックしてダンプは荷台傾け始む

夕空に荷台傾《かし》げしダンプカー人間臭き顔にて休む

命令に力の限り掃除して点滅あはれおやすみルンバ

傾聴というボランティアあるを聞く貝のやうなる口思ひつつ

北方《ほくぱう》の海に厳しき昆布採りサイレン鳴りて舟群れ戻る

白く浮く帽子の塩は充実の吾が体内の海より乾く

カメといふあだ名の吾子も成長し亀にくはしい理科の先生

給料を厚みで知りしあの頃の歌湧くやうな日暮れの灯《あか》り

女らの生き生き動く洗濯の水輪《みなわ》さみしきゴッホ「跳ね橋」

乾き切る畑地にしやがみ草むしる絶望といふ二文字消したく

動くもの無きがごとくに夜の海赤き点滅小さき港

冬の風鈴

明けやらぬ初冬の曇りバルビゾン絵画のやうに枯れ草焼きぬ

行く先は海へ行く水悴《かじか》みて窮屈さうな冬の街川

あの群はキンクロハジロホシハジロ冬の川辺を歩く楽しさ

日の没《い》りし辺りの茜どんどんと泣きてもよしと胸を敲きぬ

冬の夜更け遠く音する救急車人の負ふ苦は時を選ばぬ

忘られて吊られしままに金属の刺すやうな音冬の風鈴

歌詠みて亡き父母を浮ばせる慈雨とも言へる今朝冬の雨

炉開きの母には父の助けあり寄り添ひ咲ける白玉椿

ジャスミン

ジャスミンの幽《かす》か匂へる玄関に静かに訃報告げる人来ぬ

この年も急逝《きふせい》ありて何もかも受け入れてゐる冬の大空

藁の籤《くじ》引きて漁場を決めるとふ寒鮒漁の伝統の知恵

煮る焼くの匂ひ厨に満ちてをり御節《おせち》準備は蒸気のるつぼ

短大の玄関先の傘立てに数本立ちて年暮れんとす

都会

駅ごとに夜の空気を入れてゆく各駅停車の真面目なドアー

宿命の鉄路に沿へる電車内人ら揺れつつゆくチンアナゴ

上京しミュシャ展を観てきみと出る雨降り始むここは乃木坂

幾つかの駅を集めし界隈は渋谷と呼ばれ人の洪水

都会には沈黙の夜などなくて覚めて寂しむ音続きをり

寒風

ジャンパーのチャック首まで引き上げて亀が首出すやうに歩きぬ

鉄工所打ち合ふ音は壁穴を抜け来て冬の風に歪《ゆが》みぬ

公園に少年ひとりリフティング球につぶやく冬の休日

公園の遊具は塗られ春を待つなんぢやもんぢやは淋しき裸

寒風に資材置き場のトタン鳴り後悔の胸強く叩きぬ

寒風を受けて呟《つぶや》く歌声を人に聞かれず歩くもよいさ

冬陽差す菠薐草《はうれんさう》の広き畑ゴッホの描く畑の輝き

今年また梅の蕾は色づきて寒夜に逝きし母のつぶやき

思ひ切り吸ひ込みし息吐き出せば今ライバルは強き北風

裸木をどつと小鳥の飛び立ちて寂しき鬼になりたる心地

言の葉のやうに降り来る昼の雪取り残されし柚子は聞きをり

暗く降る雪見てふいに思ひたり佐野の日暮れの藤原定家

馬の目は澄みて睫毛《まつげ》の長きゆえ定家の雪の夕暮れ侘《わ》びし

珍らしく降りて故郷《ふるさと》しのばせる東京駅の赤壁に雪

木枯らしを硝子に遮断ランチするカリフラワーと見ゆる女《をみな》ら

雑踏の続きのやうなカフェに飲む珈琲カップ冬のぬくもり

傷の無き冬の空より降る光渋谷に裸足暖める人

あとがき

短歌活動を始めて十年目で第一歌集『着地点』を出し、それからまた十年が経ちました。日頃「短歌は親友だ」などとよく続けられたと思っています。他にたいした趣味も持たないということがあったかも知れません。とにかくまた十年のまとめとしてこの歌集を出すことができたということは幸せです。

相変わらず各方面へ投稿をしてきました。ほとんどの歌が没となりましたが、選者の先生に一度は読んでもらえていることが支えでありました。そうして溜まった入選作八百首あまりの中より取捨選択してこの歌集となりました。私のささやかな記念碑であります。この歩みを読んでいただけたらこの上ない喜びであります。まとめるにあたって、投稿歌人である私には本来ある筈の私らしさという文体がないところが弱点であることが分かりました。さまざまなタイプの歌をできるだけ関連させるようにまとめてみましたが結果としてうまくいったとは思えません。

はつ夏は、むせかえるような命の輝き、もう寒には戻らないという安心感があって私にとってうれしい季節です。その心の浮き立つような耳にふと聞こえてきたのが雌鶏の鳴き声。まるで希望が生まれたような気持ちが得られました。世界のあらゆる場所で希望が生まれています。この気持ちを糧に、こらからも一日市《ひといち》場《ば》という世界の片隅で歌を詠みつつ生きていくことになるでしょう。

最後に、主な投稿先を上げてみますと、中日歌壇、朝日歌壇、読売歌壇、短歌研究読者歌壇、現代短歌読者歌壇、現代短歌新聞読者歌壇、ＮＨＫ歌壇、禅の友曹洞歌壇、明治神宮献詠會、そして、各種短歌大会等です。その都度小生の短歌に目を通して下さる選者の先生方に感謝の心を忘れません。また、第一歌集を出した折「十年経って八十歳には第二歌集を出したい」と言った私の言葉を憶えて下さる方々がいて時折声を掛けもらえたことからも力を得たような気がします。皆様ありがとうございました。また、出版にあたって砂子屋書房の田村雅之氏にご尽力いただきまして感謝申し上げます。

二〇二一年四月一〇日

後藤　進

歌集　地球のどこか

二〇二一年五月八日初版発行

著　者　後藤　進
岐阜県岐阜市一日市場三―六六（〒五〇一―〇一〇三）

発行者　田村雅之

発行所　砂子屋書房
東京都千代田区内神田三―四―七（〒一〇一―〇〇四七）
電話　〇三―三二五六―四七〇八　振替　〇〇一三〇―二―九七六三一
URL　http://www.sunagoya.com

組　版　はあどわあく

印　刷　長野印刷商工株式会社

製　本　渋谷文泉閣株式会社